Die Weissagung

Arthur Schnitzler

Die Weissagung

Arthur Schnitzler

Die Weissagung

Arthur Schnitzler

1

Unweit von Bozen, auf einer mäßigen Höhe, im Walde wie versunken und von der Landstraße aus kaum sichtbar, liegt die kleine Besitzung des Freiherrn von Schottenegg. Ein Freund, der seit zehn Jahren als Arzt in Meran lebt und dem ich im Herbste dort wieder begegnete, hatte mich mit dem Freiherrn bekannt gemacht. Dieser war damals fünfzig Jahre alt und dilettierte in mancherlei Künsten. Er komponierte ein wenig, war tüchtig auf Violine und Klavier, auch zeichnete er nicht übel. Am ernstesten aber hatte er in früherer Zeit die Schauspielerei getrieben. Wie es hieß, war er als ganz junger Mensch unter angenommenem Namen ein paar Jahre lang auf kleinen Bühnen draußen im Reiche umhergezogen. Ob nun der dauernde Widerstand des Vaters, unzureichende Begabung oder mangelndes Glück der Anlaß war, jedenfalls hatte der Freiherr diese Laufbahn früh genug aufgegeben, um noch ohne erhebliche Verspätung in den Staatsdienst treten zu können und damit dem Beruf seiner Vorfahren zu folgen, den er dann auch zwei Jahrzehnte hindurch treu, wenn auch ohne Begeisterung erfüllte. Aber als er, kaum über vierzig Jahre alt, gleich nach dem Tode des Vaters, das Amt verließ, sollte sich erst zeigen, mit welcher Liebe er an dem Gegenstand seiner jugendlichen Träume noch immer hing. Er ließ die Villa auf dem Abhang des Guntschnaberges instand setzen und versammelte dort, insbesondere zur Sommers- und Herbstzeit, einen allmählich immer größer werdenden Kreis von Herren und Damen, die allerlei leicht zu agierende Schauspiele oder lebende Bilder vorführten. Seine Frau, aus einer alten Tiroler Bürgerfamilie, ohne wirkliche

Anteilnahme an künstlerischen Dingen, aber klug und ihrem Gatten mit kameradschaftlicher Zärtlichkeit zugetan, sah seiner Liebhaberei mit einigem Spotte zu, der sich aber um so gutmütiger anließ, als das Interesse des Freiherrn ihren eigenen geselligen Neigungen entgegenkam. Die Gesellschaft, die man im Schlosse antraf, mochte strengen Beurteilern nicht gewählt genug erscheinen, aber auch Gäste, die sonst nach Geburt und Erziehung zu Standesvorurteilen geneigt waren, nahmen keinerlei Anstoß an der zwanglosen Zusammensetzung eines Kreises, die durch die dort geübte Kunst genügend gerechtfertigt schien und von dem überdies der Name und Ruf des freiherrlichen Paares jeden Verdacht freierer Sitten durchaus fernhielt. Unter manchen anderen, deren ich mich nicht mehr entsinne, begegnete ich auf dem Schlosse einem jungen Grafen von der Innsbrucker Bezirkshauptmannschaft, einem Jägeroffizier aus Riva, einem Generalstabshauptmann mit Frau und Tochter, einer Operettensängerin aus Berlin, einem Bozener Likörfabrikanten mit zwei Söhnen, dem Baron Meudolt, der damals eben von seiner Weltreise zurückgekommen war, einem pensionierten Hofschauspieler aus Bückeburg, einer verwitweten Gräfin Saima, die als junges Mädchen Schauspielerin gewesen war, mit ihrer Tochter, und dem dänischen Maler Petersen.

Im Schlosse selbst wohnten nur die wenigsten Gäste. Einige nahmen in Bozen Quartier, andere in einem bescheidenen Gasthof, der unten an der Wegscheide lag, wo eine schmälere Straße nach dem Gute abzweigte. Aber meist in den ersten Nachmittagsstunden war der ganze Kreis oben versammelt, und dann wurden, manchmal unter der Leitung des ehemaligen Hofschauspielers, zuweilen unter der des Freiherrn, der selbst niemals mitwirkte, bis in die späten Abendstunden Proben abgehalten, anfangs unter Scherzen und Lachen, allmählich aber mit immer größerem Ernste, bis der Tag der Vorstellung herannahte, und je nach Witterung, Laune, Vorbereitung, möglichst mit Rücksicht auf den Schauplatz der Handlung, entweder auf dem an den Wald grenzenden Wiesenplatz hinter dem Schloßgärtchen oder in dem ebenerdigen Saal mit den drei großen Bogenfenstern die Aufführung stattfand.

Als ich das erstemal den Freiherrn besuchte, hatte ich keinen anderen Vorsatz, als an einem neuen Ort unter neuen Menschen einen heiteren Tag zu verbringen. Aber wie das so kommt, wenn man ohne Ziel und in vollkommener Freiheit umherstreift, und überdies bei allmählich schwindender Jugend keinerlei Beziehungen bestehen, die lebhafter in die Heimat zurückrufen, ließ ich mich vom Freiherrn zu längerem Bleiben bereden. Aus dem einen Tag wurden zwei, drei und mehr, und so, zu meiner eignen Verwunderung wohnte ich bis tief in den Herbst oben auf dem Schlößchen, wo mir in einem kleinen Turm ein sehr wohnlich ausgestattetes Zimmer mit dem Blick ins Tal eingeräumt war. Dieser erste Aufenthalt auf dem Guntschnaberg wird für mich stets eine angenehme und, trotz aller

Lustigkeit und alles Lärms um mich herum, sehr stille Erinnerung bleiben, da ich mit keinem der Gäste anders als flüchtig verkehrte und überdies einen großen Teil meiner Zeit, zu Nachdenken und Arbeit gleichermaßen angeregt, auf einsamen Waldspaziergängen verbrachte. Auch der Umstand, daß der Freiherr aus Höflichkeit einmal eines meiner kleinen Stücke darstellen ließ, störte die Ruhe meines Aufenthaltes nicht, da niemand von meiner Eigenschaft als Verfasser Notiz nahm. Vielmehr bedeutete mir dieser Abend ein höchst anmutiges Erlebnis, da mit dieser Aufführung auf grünem Rasen, unter freiem Himmel ein bescheidener Traum meiner Jugendjahre so spät als unerwartet in Erfüllung ging.

Die lebhafte Bewegung im Schlosse ließ allmählich nach, der Urlaub der Herren, die in einem Berufe standen, war großenteils abgelaufen, und nur manchmal kam Besuch von Freunden, die in der Nähe ansässig waren. Erst jetzt gewann ich selbst zu dem Freiherrn ein näheres Verhältnis und fand bei ihm zu einiger Überraschung mehr Selbstbescheidung, als sie Dilettanten sonst eigen zu sein pflegt. Er täuschte sich keineswegs darüber, daß das, was auf seinem Schlosse getrieben wurde, nichts anderes war, als eine höhere Art von Gesellschaftsspiel. Aber da es ihm im Gange seines Lebens versagt geblieben war, in eine dauernde und ernsthafte Beziehung zu seiner geliebten Kunst zu treten, so ließ er sich an dem Schimmer genügen, der wie aus entlegenen Fernen über das harmlose Theaterwesen im Schlosse geglänzt kam, und freute sich überdies, daß hier von mancher Erbärmlichkeit, die das Berufliche doch überall mit sich bringt, kein Hauch zu spüren war.

Auf einem unserer Spaziergänge sprach er ohne jede Zudringlichkeit den Einfall aus, einmal auf seiner Bühne im Freien ein Stück dargestellt zu sehen, das schon in Hinblick auf den unbegrenzten Raum und auf die natürliche Umgebung geschaffen wäre. Diese Bemerkung kam einem Plan, den ich seit einiger Zeit in mir trug, so ungezwungen entgegen, daß ich dem Freiherrn versprach, seinen Wunsch zu erfüllen.

Bald darauf verließ ich das Schloß.

In den ersten Tagen des nächsten Frühlings schon sandte ich mit freundlichen Worten der Erinnerung an die schönen Tage des vergangenen Herbstes dem Freiherrn ein Stück, wie es den Forderungen der Gelegenheit wohl entsprechen mochte. Bald darauf traf die Antwort ein, die den Dank des Freiherrn und eine herzliche Einladung für den kommenden Herbst enthielt. Ich verbrachte den Sommer im Gebirge, und in den ersten Septembertagen bei einbrechender kühler Witterung reiste ich an den Gardasee, ohne daran zu denken, daß ich nun dem Schlosse des Freiherrn von Schottenegg recht nahe war. Ja mir ist heute, als hätte ich zu dieser Zeit das kleine Schloß und alles dortige Treiben völlig vergessen gehabt. Da erhielt ich am 8. September aus

Wien ein Schreiben des Freiherrn nachgesandt. Dieses sprach ein gelindes Erstaunen aus, daß ich nichts von mir hören ließe, und enthielt die Mitteilung, daß am 9. September die Aufführung des kleinen Stückes stattfände, das ich ihm im Frühling übersandt hatte und bei der ich keineswegs fehlen dürfte. Besonderes Vergnügen versprach mir der Freiherr von den Kindern, die in dem Stück beschäftigt waren und die es sich jetzt schon nicht nehmen ließen, auch außerhalb der Probezeit in ihren zierlichen Kostümen umherzulaufen und auf dem Rasen zu spielen. Die Hauptrolle – so schrieb er weiter – sei nach einer Reihe von Zufälligkeiten an seinen Neffen, Herrn Franz von Umprecht, übergegangen, der – wie ich mich gewiß noch erinnere – im vorigen Jahre nur zweimal in lebenden Bildern mitgewirkt habe, der aber nun auch als Schauspieler ein überraschendes Talent erweise.

Ich reiste ab, war abends in Bozen und kam am Tage der Vorstellung im Schlosse an, wo mich der Freiherr und seine Frau freundlich empfingen. Auch andere Bekannte hatte ich zu begrüßen: den pensionierten Hofschauspieler, die Gräfin Saima mitTochter, Herrn von Umprecht und seine schöne Frau; sowie die vierzehnjährige Tochter des Försters, die zu meinem Stücke den Prolog sprechen sollte. Für den Nachmittag wurde große Gesellschaft erwartet und abends bei der Vorstellung sollten mehr als hundert Zuschauer anwesend sein, nicht nur persönliche Gäste des Freiherrn, sondern auch Leute aus der Gegend ringsum, denen heute, wie schon öfter, der Zugang zu dem Bühnenplatz freistand. Überdies war diesmal auch ein kleines Orchester engagiert, aus Berufsmusikern einer Bozener Kapelle und einigen Dilettanten bestehend, die eine Ouvertüre von Weber und überdies eine Zwischenaktsmusik exekutieren sollten, welch letztere der Freiherr selbst komponiert hatte.

Man war bei Tisch sehr heiter, nur Herr von Umprecht schien mir etwas stiller als die anderen. Anfangs hatte ich mich seiner kaum entsinnen können, und es fiel mir auf, daß er mich sehr oft, manchmal mit Sympathie, dann wieder etwas scheu ansah, ohne je das Wort an mich zu richten. Allmählich wurde mir der Ausdruck seines Gesichtes bekannter, und plötzlich erinnerte ich mich, daß er voriges Jahr in einem der lebenden Bilder mit aufgestützten Armen in Mönchstracht vor einem Schachbrett gesessen war. Ich fragte ihn, ob ich mich nicht irrte. Er wurde beinahe verlegen, als ich ihn ansprach; der Freiherr antwortete für ihn und machte dann eine lächelnde Bemerkung über das neuentdeckte schauspielerische Talent seines Neffen. Da lachte Herr von Umprecht in einer ziemlich sonderbaren Weise vor sich hin, dann warf er rasch einen Blick zu mir herüber, der eine Art von Einverständnis zwischen uns beiden auszudrücken schien und den ich mir durchaus nicht erklären konnte. Aber von diesem Augenblick an vermied er es wieder, mich anzusehen.

2

Bald nach Tisch hatte ich mich auf mein Zimmer zurückgezogen. Da stand ich wieder am offenen Fenster, wie ich so oft im vorigen Jahre getan, und freute mich des anmutigen Blickes hinunter in das sonnenglänzende Tal, das, eng zu meinen Füßen, allmählich sich dehnte und in der Ferne sich völlig aufschloß, um Stadt und Fluren in sich aufzunehmen. Nach einer kurzen Weile klopfte es. Herr von Umprecht trat ein, blieb an der Tür stehen und sagte mit einiger Befangenheit: »Ich bitte um Verzeihung, wenn ich Sie störe.« Dann trat er näher und fuhr fort: »Aber sobald Sie mir eine Viertelstunde Gehör geschenkt haben, davon bin ich überzeugt, werden Sie meinen Besuch für genügend entschuldigt halten.«

Ich lud Herrn von Umprecht zum Sitzen ein, er achtete nicht darauf, sondern fuhr mit Lebhaftigkeit fort: »Ich bin nämlich in der seltsamsten Art Ihr Schuldner geworden und fühle mich verpflichtet. Ihnen zu danken.«

Da mir natürlich nichts anderes beifallen konnte, als daß sich diese Worte des Herrn von Umprecht auf seine Rolle bezögen und sie mir allzuhöflich schienen, so versuchte ich abzuwehren. Doch Umprecht unterbrach mich sofort: »Sie können nicht wissen, wie meine Worte gemeint sind. Darf ich Sie bitten, mich anzuhören?« Er setzte sich auf das Fensterbrett, kreuzte die Beine, und, mit offenbarer Absichtlichkeit so ruhig als möglich scheinend, begann er: »Ich bin jetzt Gutsbesitzer, wie Sie vielleicht wissen, bin aber früher Offizier gewesen. Und zu jener Zeit, vor zehn Jahren – heute vor zehn Jahren – begegnete mir das unbegreifliche Abenteuer, unter dessen Schatten ich gewissermaßen bis heute gelebt habe und das heute durch Sie ohne Ihr Wissen und Zutun seinen Abschluß findet. Zwischen uns beiden besteht nämlich ein dämonischer Zusammenhang, den Sie wahrscheinlich so wenig werden aufklären können wie ich; aber Sie sollen wenigstens von seinem Vorhandensein erfahren. – Mein Regiment lag damals in einem öden polnischen Nest. An Zerstreuungen gab es außer dem Dienst, der nicht immer anstrengend genug war, nur Trunk und Spiel. Überdies hatte man die Möglichkeit vor Augen, jahrelang hier festsitzen zu müssen, und nicht alle von uns verstanden es, ein Leben in dieser trostlosen Aussicht mit Fassung zu tragen. Einer meiner besten Freunde hat sich im dritten Monat unseres dortigen Aufenthalts erschossen. Ein anderer Kamerad, früher der liebenswürdigste Offizier, fing plötzlich an, ein arger Trinker zu werden, wurde unmanierlich, aufbrausend, nahezu unzurechnungsfähig und hatte irgendeinen Auftritt mit einem Advokaten, der ihn seine Charge kostete. Der Hauptmann meiner Kompanie war verheiratet und, ich weiß nicht, ob mit oder ohne Grund, so eifersüchtig, daß er seine Frau eines Tages zum Fenster hinunterwarf. Sie blieb rätselhafterweise heil und gesund; der Mann starb im Irrenhause. Einer unserer Kadetten, bis dahin ein sehr lieber, aber ausnehmend dummer Junge, bildete sich plötzlich ein, Philosophie zu verstehen, studierte Kant und Hegel und lernte ganze Partien aus deren Werken auswendig, wie Kinder die Fibel. Was mich anbelangt, so tat ich nichts als mich langweilen, und zwar in einer so ungeheuerlichen Weise, daß ich an manchen Nachmittagen, wenn ich auf meinem Bette lag, fürchtete, verrückt zu werden. Unsere Kaserne lag außerhalb des Dorfes, das aus höchstens dreißig verstreuten Hütten bestand; die nächste Stadt, eine gute Reitstunde entfernt, war schmierig, widerwärtig, stinkend und voll von Juden. Notgedrungen hatten wir manchmal mit ihnen zu tun – der Hotelier war ein Jude, der Cafetier, der Schuster desgleichen. Daß wir uns möglichst beleidigend gegen sie benahmen, das können Sie sich denken. Wir waren besonders gereizt gegen dieses Volk, weil ein Prinz, der unserem Regiment als Major zugeteilt war, den Gruß der Juden – ob nun aus Scherz oder aus Vorliebe, weiß ich nicht – mit ausgesuchter Höflichkeit erwiderte und überdies mit auffallender Absichtlichkeit unseren Regimentsarzt protegierte, der ganz offenbar von Juden abstammte. Das würde ich Ihnen natürlich nicht erzählen, wenn nicht gerade diese Laune des Prinzen mich mit demjenigen Menschen zusammengeführt hätte, der in so geheimnisvoller Weise die Verbindung zwischen Ihnen und mir herzustellen berufen war. Es war ein Taschenspieler, und zwar der Sohn eines Branntweinjuden aus dem benachbarten polnischen Städtchen. Er war als junger Bursche in ein Geschäft nach Lemberg, dann nach Wien gekommen und hatte einmal irgend jemandem einige Kartenkunststücke abgelernt. Er bildete sich auf eigene Faust weiter aus, eignete sich allerlei andere Taschenspielereien an und brachte es allmählich so weit, daß er in der Welt umherziehen und sich auf Varietébühnen oder in Vereinen mit Erfolg produzieren konnte. Im Sommer kam er immer in seine Vaterstadt, um die Eltern zu besuchen. Dort trat er nie öffentlich auf, und so sah ich ihn zuerst auf der Straße, wo er mir durch seine Erscheinung augenblicklich auffiel. Er war ein kleiner, magerer, bartloser Mensch, der damals etwa dreißig Jahre alt sein mochte, mit einer vollkommen lächerlichen Eleganz gekleidet, die zur Jahreszeit gar nicht paßte: er spazierte in einem schwarzen Gehrock und mit gebügeltem Zylinder herum und trug Westen vom herrlichsten Brokat; bei starkem Sonnenschein hatte er einen dunklen Zwicker auf der Nase.

Einmal saßen wir unser fünfzehn oder sechzehn nach dem Abendessen im Kasino an unserem langen Tisch wie gewöhnlich. Es war eine schwüle Nacht, und die Fenster standen offen. Einige Kameraden hatten zu spielen begonnen, andere lehnten am Fenster und plauderten, wieder andere tranken und rauchten schweigend. Da trat der Korporal vom Tage ein und meldete die Ankunft des Taschenspielers. Wir waren zuerst einigermaßen erstaunt. Aber ohne weiteres abzuwarten, trat der Gemeldete in guter Haltung ein und sprach in leichtem Jargon einige einleitende Worte, mit denen er sich für die an ihn ergangene Einladung bedankte. Er wandte sich dabei an den Prinzen, der auf ihn zutrat und ihm – natürlich ausschließlich, um uns zu ärgern – die Hand schüttelte. Der Taschenspieler nahm das wie selbstverständlich hin und bemerkte dann, er werde zuerst einige Kartenkunststücke zeigen, um sich hierauf im Magnetismus und in der Chiromantie zu produzieren. Er hatte kaum zu Ende gesprochen, als einige unserer Herren, die in einer Ecke beim Kartenspiel saßen, merkten, daß ihnen die Figuren fehlten: auf einen Wink des Zauberers kamen sie aber durch das geöffnete Fenster hereingeflogen. Auch die Kunststücke, die er folgen ließ, unterhielten uns sehr und übertrafen so ziemlich alles, was ich auf diesem Gebiete gesehen hatte. Noch sonderbarer erschienen mir die magnetischen Experimente, die er dann vollführte. Nicht ohne Grauen sahen wir alle zu, wie der philosophische Kadett, in Schlaf versetzt, den Befehlen des Zauberers gehorchend, zuerst durchs offene Fenster sprang, die glatte Mauer bis zum Dach hinaufkletterte, oben knapp am Rand um das ganze Viereck herumeilte und sich dann in den Hof hinabgleiten ließ. Als er wieder unten stand, noch immer im schlafenden Zustand, sagte der Oberst zu dem Zauberer: »Sie, wenn er sich den Hals gebrochen hätte, ich versichere Sie, Sie wären nicht lebendig aus der Kaserne gekommen.« Nie werde ich den Blick voll Verachtung vergessen, mit dem der Jude diese Bemerkung wortlos erwiderte. Dann sagte er langsam: »Soll ich Ihnen aus der Hand lesen, Herr Oberst, wann Sie tot oder lebendig diese Kaserne verlassen werden?« Ich weiß nicht, was der Oberst oder wir anderen ihm auf diese verwegene Bemerkung sonst entgegnet hätten – aber die allgemeine Stimmung war schon so wirr und erregt, daß sich keiner wunderte, als der Oberst dem Taschenspieler die Hand hinreichte und, dessen Jargon nachahmend, sagte: »Nu, lesen Sie.« Dies alles ging im Hof vor sich, und der Kadett stand noch immer schlafend mit ausgestreckten Armen wie ein Gekreuzigter an der Wand. Der Zauberer hatte die Hand des Obersten ergriffen und studierte aufmerksam die Linien. »Siehst du genug, Jud?« fragte ein Oberleutnant, der ziemlich betrunken war. Der Gefragte sah sich flüchtig um und sagte ernst: »Mein Künstlername ist Marco Polo.«

Der Prinz legte dem Juden die Hand auf die Schulter und sagte: »Mein Freund Marco Polo hat scharfe Augen.« – »Nun, was sehen Sie?« fragte der Oberst höflicher. »Muß ich reden?« fragte Marco Polo. »Wir können Sie nicht zwingen,« sagte der Prinz. »Reden Sie!« rief der Oberst. »Ich möcht lieber nicht reden,« erwiderte Marco Polo. Der Oberst lachte laut. »Nur heraus, es wird nicht so arg sein. Und wenn es arg ist, muß es auch noch nicht wahr sein.« – »Es ist sehr arg,« sagte der Zauberer, »und wahr ist es auch.« Alle schwiegen. »Nun?« fragte der Oberst. »Von Kälte werden Sie nichts mehr zu leiden haben,« erwiderte Marco Polo. »Wie?« rief der Oberst aus, »kommt unser Regiment also endlich nach Riva?« – »Vom Regiment les' ich nichts, Herr Oberst. Ich seh nur, daß sie im Herbst sein werden ein toter Mann.« Der Oberst lachte, aber alle anderen schwiegen; ich versichere Sie, uns allen war, als ob der Oberst in diesem Augenblick gezeichnet worden wäre. Plötzlich lachte irgendeiner absichtlich sehr laut, andere taten ihm nach, und lärmend und lustig ging es zurück ins Kasino. »Nun,« rief der Oberst, »mit mir wär's in Ordnung. Ist keiner von den anderen Herren neugierig?« Einer rief wie zum Scherz: »Nein, wir wünschen nichts zu erfahren.« Ein anderer fand plötzlich, daß man gegen diese Art, sich das Schicksal vorhersagen zu lassen, aus religiösen Gründen eingenommen sein müßte, und ein junger Leutnant erklärte heftig, man sollte Leute wie Marco Polo auf Lebenszeit einsperren. Den Prinzen sah ich mit einem unserer älteren Herren rauchend in einer Ecke stehen und hörte ihn sagen: »Wo fängt das Wunder an?« Indessen trat ich zu Marco Polo hin, der sich eben zum Fortgehen bereitete, und sagte zu ihm, ohne daß es jemand hörte. »Prophezeien Sie mir.« Er griff wie mechanisch nach meiner Hand. Dann sagte er: »Hier sieht man schlecht.« Ich merkte, daß die Öllampen zu flackern begonnen hatten und daß die Linien meiner Hand zu zittern schienen. »Kommen Sie hinaus, Herr Leutnant, in den Hof. Mir is lieber bei Mondschein.« Er hielt mich an der Hand, und ich folgte ihm durch die offene Tür ins Freie.

Mir kam plötzlich ein sonderbarer Gedanke. »Hören Sie, Marco Polo,« sagte ich, »wenn Sie nichts anderes können als das, was Sie eben an unserem Herrn Oberst gezeigt haben, dann lassen wir's lieber.« Ohne weiteres ließ der Zauberer meine Hand los und lächelte. »Der Herr Leutnant haben Angst.« Ich wandte mich rasch um, ob uns niemand gehört hätte; aber wir waren schon durch das Kasernentor geschritten und befanden uns auf der Landstraße, die der Stadt zuführte. »Ich wünsche etwas Bestimmteres zu wissen,« sagte ich, »das ist es. Worte lassen sich immer in verschiedener Weise auslegen.« Marco Polo sah mich an. »Was wünschen der Herr Leutnant? ... Vielleicht das Bild von der künftigen Frau Gemahlin?«

– »Könnten Sie das?« Marco Polo zuckte die Achseln. »Es könnte sein ... es war möglich ...« – »Aber das will ich nicht,« unterbrach ich ihn. »Ich möchte wissen, was später einmal, zum Beispiel in zehn Jahren, mit mir los sein wird.« Marco Polo schüttelte den Kopf. »Das kann ich nicht sagen ... aber was anderes kann ich vielleicht.« – »Was?« – »Irgendeinen Augenblick, Herr Leutnant, aus Ihrem künftigen Leben könnte ich Ihnen zeigen wie ein Bild.« Ich verstand ihn nicht gleich. »Wie meinen Sie das?« – »So mein ich das: ich kann einen Moment aus Ihrem künftigen Leben hineinzaubern in die Welt, mitten in die Gegend, wo wir gerade stehen.« – »Wie? – »Der Herr Leutnant müssen mir nur sagen, was für einen.« Ich begriff ihn nicht ganz, aber ich war höchst gespannt. »Gut,« sagte ich, »wenn Sie das können, so will ich sehen, was heut in zehn Jahren in derselben Sekunde mit mir geschehen wird ... Verstehen Sie mich, Marco Polo?« – »Gewiß, Herr Leutnant,« sagte Marco Polo und sah mich starr an. Und schon war er fort... aber auch die Kaserne war fort, die ich eben noch im Mondschein hatte glänzen sehen – fort die armen Hütten, die in der Ebene verstreut und mondbeglänzt gelegen waren – und ich sah mich selbst, wie man sich manchmal im Traume selber sieht... sah mich um zehn Jahre gealtert, mit einem braunen Vollbart, eine Narbe auf der Stirn, auf einer Bahre hingestreckt, mitten auf einer Wiese – an meiner Seite kniend eine schöne Frau mit rotem Haar, die Hand vor dem Antlitz, einen Knaben und ein Mädchen neben mir, dunklen Wald im Hintergrund und zwei Jagdleute mit Fackeln in der Nähe... Sie staunen – nicht wahr. Sie staunen?«

Ich staunte in der Tat, denn das, was er mir hier schilderte, war genau das Bild, mit welchem mein Stück heute abend um zehn Uhr schließen und in dem er den sterbenden Helden spielen sollte. »Sie zweifeln,« fuhr Herr von Umprecht fort, »und ich bin fern davon, es Ihnen übel zu nehmen. Aber mit Ihrem Zweifel soll es gleich ein Ende haben.«

Herr von Umprecht griff in seine Rocktasche und zog ein verschlossenes Kuwert heraus. »Bitte, sehen Sie, was auf der Rückseite steht.« Ich las laut: »Notariell verschlossen am 4. Januar 1859, zu eröffnen am 9. September 1868.« Darunter stand die Namenszeichnung des mir persönlich wohlbekannten Notars Doktor Artiner in Wien.

»Das ist heute,« sagte Herr von Umprecht. »Und heute sind es eben zehn Jahre, daß mir das rätselhafte Abenteuer mit Marco Polo begegnete, das sich nun auf diese Weise löst, ohne sich aufzuklären. Denn von Jahr zu Jahr, als triebe ein launisches Schicksal sein Spiel mit mir, schwankten die Erfüllungsmöglichkeiten für jene Prophezeiung in der seltsamsten Weise, schienen manchmal zu drohender Wahrscheinlichkeit zu werden, verschwanden in nichts, wurden zu unerbittlicher Gewißheit, verflatterten, kamen wieder ... Aber lassen Sie mich nun zu meinem Berichte zurückkommen. Die Erscheinung selbst hatte gewiß nicht länger gedauert als einen Augenblick; denn noch klang von der Kaserne her das gleiche laute Auflachen des Oberleutnants an mein Ohr, das ich gehört hatte, ehe die Erscheinung aufgestiegen war. Und nun stand auch Marco Polo wieder vor mir, mit einem Lächeln um die Lippen, von dem ich nicht sagen kann, ob es schmerzlich oder höhnisch sein sollte, nahm den Zylinder ab, sagte: »Guten Abend, Herr Leutnant, ich hoffe, Sie sind zufrieden gewesen,« wandte sich um und ging langsam auf der Landstraße vorwärts in der Richtung der Stadt. Er ist übrigens am nächsten Tage abgereist.

Mein erster Gedanke, als ich der Kaserne wieder zuging, war, daß es sich um eine Geistererscheinung gehandelt haben mußte, die Marco Polo, vielleicht von einem unbekannten Gehilfen unterstützt, mittels irgendwelcher Spiegelungen hervorzubringen imstande gewesen war. Als ich durch den Hof kam, sah ich zu meinem Entsetzen den Kadetten noch immer in der Stellung eines Gekreuzigten an der Mauer lehnen. Man hatte seiner offenbar vollkommen vergessen. Die anderen hörte ich drin in der höchsten Erregung reden und streiten. Ich packte den Kadetten beim Arm, er wachte sofort auf, war nicht im geringsten verwundert und konnte sich nur die Erregung nicht erklären, in welcher sich alle Herren des Regiments befanden. Ich selbst mischte mich gleich mit einer Art von Grimm in die aufgeregte, aber hohle Unterhaltung, die sich über die Seltsamkeiten, deren Zeugen wir gewesen, entwickelt hatte, und redete wohl nicht klüger als die anderen. Plötzlich schrie der Oberst: »Nun, meine Herren, ich wette, daß ich noch das nächste Frühjahr erlebe! Fünfundvierzig zu eins!« Und er wandte sich zu einem unserer Herren, einem Oberleutnant, der eines gewissen Rufes als Spieler und Wetter genoß. »Nichts zu machen?« Obzwar es klar war, daß der Angeredete der Versuchung schwer widerstand, so schien er es doch unziemlich zu finden, eine Wette auf den Tod seines Obersten mit diesem selbst abzuschließen, und so schwieg er lächelnd. Wahrscheinlich hat er es bedauert. Denn schon nach vierzehn Tagen, am zweiten Morgen der großen Kaisermanöver, stürzte unser Oberst vom Pferde und blieb auf der Stelle tot. Und bei dieser Gelegenheit merkten wir alle, daß wir es gar nicht anders erwartet hatten. Ich aber begann erst von jetzt an mit einer gewissen Unruhe an die nächtliche Prophezeiung zu denken, von der ich in einer sonderbaren Scheu niemandem Mitteilung gemacht hatte. Erst zu Weihnachten, anläßlich einer Urlaubsreise nach Wien, eröffnete ich mich einem Kameraden, einem gewissen Friedrich von Gulant – Sie haben vielleicht von ihm gehört, er hat hübsche Verse gemacht und ist sehr jung gestorben ... Nun, der war es, der mit mir zusammen das Schema entwarf, das Sie in diesem Umschlag eingeschlossen finden werden. Er war nämlich der Ansicht, daß solche Vorfälle für die Wissenschaft nicht verloren gehen dürften, ob sich nun am Ende ihre Voraussetzungen als wahr oder falsch herausstellten. Mit ihm bin ich bei Doktor Artiner gewesen, vor dessen Augen das Schema in diesem Kuwert verschlossen wurde. In der Kanzlei des Notars war es bisher aufbewahrt, und gestern erst ist es, meinem Wunsche gemäß, mir zugestellt worden. Ich will es gestehen: der Ernst, mit dem Gulant die Sache behandelte, hatte mich anfangs ein wenig verstimmt; aber als ich ihn nicht mehr sah und besonders, als er kurz darauf starb, fing die ganze Geschichte an, mir sehr lächerlich vorzukommen. Vor allem war es mir klar, daß ich mein Schicksal vollkommen in der Hand hatte. Nichts in der Welt konnte mich dazu zwingen, am 9. September 1868, abends zehn Uhr, mit einem braunen Vollbart auf einer Bahre zu liegen; Wald- und Wiesenlandschaft konnte ich vermeiden, auch brauchte ich nicht eine Frau mit roten Haaren zu heiraten und Kinder zu bekommen. Das einzige, dem ich vielleicht nicht ausweichen konnte, war ein

Unfall, etwa ein Duell, von dem mir die Narbe auf der Stirn zurückbleiben konnte. Ich war also fürs erste beruhigt. – Ein Jahr nach jener Weissagung heiratete ich Fräulein von Heimsal, meine jetzige Gattin; bald darauf quittierte ich den Dienst und widmete mich der Landwirtschaft. Ich besichtigte verschiedene kleinere Güter und – so komisch es klingen mag – ich achtete darauf, daß sich womöglich innerhalb dieser Besitzungen keine Partie zeigte, die dem Rasenplatz jenes Traumes (wie ich den Inhalt jener Erscheinung bei mir zu nennen liebte) gleichen könnte. Ich war schon daran, einen Kauf abzuschließen, als meine Frau eine Erbschaft machte, und uns dadurch eine Besitzung in Kärnten mit einer schönen Jagd zufiel. Beim ersten Durchwandern des neuen Gebietes gelangte ich zu einer Wiesenpartie, die, von Wald begrenzt und leicht gesenkt, mir in eigentümlicher Art der Örtlichkeit zu gleichen schien, vor der mich zu hüten ich vielleicht allen Anlaß hatte. Ich erschrak ein wenig. Meiner Frau hatte ich von der Prophezeiung nichts erzählt; sie ist so abergläubisch, daß ich ihr mit meinem Geständnis gewiß das ganze Leben bis zum heutigen Tage« – er lächelte wie befreit – »vergiftet hätte. So konnte ich ihr natürlich auch meine Bedenken nicht mitteilen. Aber mich selbst beruhigte ich mit der Überlegung, daß ich ja keineswegs den September 1868 auf meinem Gute zubringen müßte. – Im Jahre 1860 wurde mir ein Knabe geboren. Schon in seinen ersten Lebensjahren glaubte ich, in seinen Zügen Ähnlichkeit mit den Zügen des Knaben aus dem Traume zu entdecken; bald schien sie sich zu verwischen, bald wieder sprach sie sich deutlicher aus – und heute darf ich mir ja selbst gestehen, daß der Knabe, der heute abends um zehn an meiner Bahre stehen wird, dem Knaben der Erscheinung aufs Haar gleicht. – Eine Tochter habe ich nicht. Da ereignete es sich vor drei Jahren, daß die verwitwete Schwester meiner Frau, die bisher in Amerika gelebt hatte, starb und ein Töchterchen hinterließ. Auf Bitten meiner Frau fuhr ich über das Meer, holte das Mädchen ab, um es bei uns im Hause aufzunehmen. Als ich es zum erstenmal erblickte, glaubte ich zu merken, daß es dem Mädchen aus dem Traume vollkommen gliche. Der Gedanke fuhr mir durch den Kopf, das Kind in dem fremden Lande bei fremden Leuten zu lassen. Natürlich wies ich diesen unedlen Einfall gleich wieder von mir, und wir nahmen das Kind in unserem Hause auf. Wieder beruhigte ich mich vollkommen, trotz der zunehmenden Ähnlichkeit der Kinder mit den Kindern jener prophetischen Erscheinung, denn ich bildete mir ein, daß die Erinnerung an die Kindergesichter des Traumes mich doch vielleicht trügen mochte. Mein Leben floß eine Zeitlang in vollkommener Ruhe hin. Ja ich hatte beinahe aufgehört, an jenen sonderbaren Abend in dem polnischen Nest zu denken, als ich vor zwei Jahren durch eine neue Warnung des Schicksals in begreiflicher Weise erschüttert wurde. Ich hatte auf ein paar Monate verreisen müssen; als ich zurückkam, trat mir meine Frau mit roten Haaren entgegen, und ihre Ähnlichkeit mit der Frau des Traumes, deren

Antlitz ich ja nicht gesehen hatte, schien mir vollständig. Ich fand es für gut, meinen Schrecken unter dem Ausdruck des Zornes zu verbergen; ja ich wurde mit Absicht immer heftiger, denn plötzlich kam mir ein an Wahnsinn grenzender Einfall: wenn ich mich von meiner Frau und den Kindern trennte, so müßte ja all die Gefahr schwinden, und ich hätte das Schicksal zum Narren gehalten. Meine Frau weinte, sank wie gebrochen zu Boden, bat mich um Verzeihung und erklärte mir den Grund ihrer Veränderung. Vor einem Jahre, anläßlich einer Reise nach München, war ich in der Kunstausstellung von dem Bildnis einer rothaarigen Frau besonders entzückt gewesen, und meine Frau hatte schon damals den Plan gefaßt, sich bei irgendeiner Gelegenheit diesem Bildnis dadurch ähnlich zu machen, daß sie sich die Haare färben ließ. Ich beschwor sie natürlich, ihrem Haar möglichst bald die natürliche dunkle Farbe wieder zu verleihen, und als es geschehen war, schien alles wieder gut zu sein. Sah ich nicht deutlich, daß ich mein Schicksal nach wie vor in meiner Gewalt hatte? ... War nicht alles, was bisher geschehen, auf natürliche Weise zu erklären? ... Hatten nicht tausend andere Güter mit Wiesen und Wald und Frau und Kinder? ... Und das einzige, was vielleicht Abergläubische schrecken durfte, stand noch aus – bis zum heurigen Winter: die Narbe, die Sie nun doch auf meiner Stirne prangen sehen. Ich bin nicht mutlos – erlauben Sie mir, daß ich Ihnen das sage; ich habe mich als Offizier zweimal geschlagen und unter recht gefährlichen Bedingungen – auch vor acht Jahren, kurz nach meiner Verheiratung, als ich schon den Dienst verlassen hatte. Aber als ich im vorigen Jahre aus irgendeinem lächerlichen Grund – wegen eines nicht ganz höflichen Grußes – von einem Herrn zur Rede gestellt wurde, habe ich es vorgezogen« – Herr von Umprecht errötete leicht – »mich zu entschuldigen. Die Sache wurde natürlich in ganz korrekter Weise erledigt, aber ich weiß ja doch ganz bestimmt, daß ich mich auch damals geschlagen hätte, wäre nicht plötzlich eine wahnwitzige Angst über mich gekommen, daß mein Gegner mir eine Wunde an der Stirne beibringen und dem Schicksal damit einen neuen Trumpf in die Hand spielen könnte ... Aber Sie sehen, es half mir nichts: die Narbe ist da. Und der Augenblick, in dem ich hier verwundet wurde, war vielleicht derjenige innerhalb der ganzen zehn Jahre, der mich am tiefsten zum Bewußtsein meiner Wehrlosigkeit brachte. Es war heuer im Winter gegen Abend; ich fuhr mit zwei oder drei anderen Personen, die mir vollkommen unbekannt waren, in der Eisenbahn zwischen Klagenfurt und Villach. Plötzlich klirren die Fensterscheiben, und ich fühle einen Schmerz an der Stirn; zugleich höre ich, daß etwas Hartes zu Boden fällt; ich greife zuerst nach der schmerzenden Stelle – sie blutet; dann bücke ich mich rasch und hebe einen spitzen Stein vom Fußboden auf. Die Leute im Kupee sind aufgefahren. »Ist was geschehen?« ruft einer. Man merkt, daß ich blute, und bemüht sich um mich. Ein Herr aber – ich seh es ganz deutlich – ist in die Ecke wie zurückgesunken. In der nächsten Haltestelle bringt man Wasser, der Bahnarzt legt mir einen notdürftigen Verband an, aber ich fürchte natürlich nicht, daß ich an der Wunde sterben könnte: ich weiß ja, daß es eine Narbe werden muß. Ein Gespräch im Waggon hat sich entsponnen, man fragt sich, ob ein Attentat beabsichtigt war, ob es sich um einen gemeinen Bubenstreich handle; der Herr in der Ecke schweigt und starrt vor sich hin. In Villach steige ich aus. Plötzlich ist der Mann an meiner Seite und sagt: »Es galt mir.« Eh ich antworten, ja nur mich besinnen kann, ist er verschwunden; ich habe nie erfahren können, wer es war. Ein Verfolgungswahnsinniger vielleicht ... vielleicht auch einer, der sich mit Recht verfolgt glaubte von einem beleidigten Gatten oder Bruder, und den ich möglicherweise gerettet habe, da eben mir die Narbe bestimmt war ... wer kann es wissen? ... Nach ein paar Wochen leuchtete sie auf meiner Stirn an derselben Stelle, wo ich sie in jenem Traume gesehen hatte. Und mir ward es immer klarer, daß ich mit irgendeiner unbekannten höhnischen Macht in einem ungleichen Kampf begriffen war, und ich sah dem Tag, wo das letzte in Erfüllung gehen sollte, mit wachsender Unruhe entgegen.

Im Frühling erhielten wir die Einladung meines Onkels. Ich war fest entschlossen, ihr nicht zu folgen, denn ohne daß mir ein deutliches Bild in Erinnerung gekommen wäre, schien es mir doch möglich, daß gerade auf seinem Gut hier die verruchte Stelle zu finden wäre. Meine Frau hätte aber eine Ablehnung nicht verstanden, und so entschloß ich mich doch, mit ihr und den Kindern schon Anfang Juli herzureisen, in der bestimmten Absicht, sobald als möglich das Schloß wieder zu verlassen und weiter in den Süden, nach Venedig oder an den Lido, zu gehen. An einem der ersten Tage unseres Aufenthaltes kam das Gespräch auf Ihr Stück, mein Onkel sprach von den kleinen Kinderrollen, die darin enthalten wären, und bat mich, meine Kleinen mitspielen zu lassen. Ich hatte nichts dagegen. Es war damals bestimmt, daß der Held von einem Berufsschauspieler dargestellt werden sollte. Nach einigen Tagen packte mich die Angst, daß ich gefährlich erkranken und nicht würde abreisen können. So erklärte ich denn eines Abends, daß ich am nächsten Tage das Schloß auf einige Zeit zu verlassen und Seebäder zu nehmen gedächte. Ich mußte versprechen, Anfang September wieder zurück zu sein. Am selben Abend kam ein Brief des Schauspielers, der aus irgendwelchen gleichgültigen Gründen dem Freiherrn seine Rolle zurückstellte. Mein Onkel war sehr ärgerlich. Er bat mich, das Stück zu lesen – vielleicht könnte ich ihm unter unseren Bekannten einen nennen, der geeignet wäre, die Rolle darzustellen. So nahm ich denn das Stück auf mein Zimmer mit und las es. Nun versuchen Sie sich vorzustellen, was in mir vorging, als ich zu dem Schlusse kam und hier Wort für Wort die Situation aufgezeichnet fand, die mir für den 9. September dieses Jahres prophezeit worden war. Ich konnte den Morgen nicht erwarten, um meinem Onkel zu sagen, daß ich die Rolle spielen wollte. Ich fürchtete, daß er Einwendungen machen könnte; denn seit ich das Stück gelesen, kam ich mir vor wie in sicherer Hut, und wenn mir die Möglichkeit entging, in

Ihrem Stück zu spielen, so war ich wieder jener unbekannten Macht preisgegeben. Mein Onkel war gleich einverstanden, und von nun an nahm alles seinen einfachen und guten Gang. Wir probieren seit einigen Wochen Tag für Tag, ich habe die Situation, die mir heute bevorsteht, schon fünfzehn- oder zwanzigmal durchgemacht: ich liege auf der Bahre, die junge Komtesse Saima mit ihren schönen roten Haaren, die Hände vor dem Antlitz, kniet vor mir, und die Kinder stehen an meiner Seite.«

Während Herr von Umprecht diese Worte sprach, fielen meine Augen wieder auf das Kuwert, das noch immer versiegelt auf dem Tische lag. Herr von Umprecht lächelte. »Wahrhaftig, den Beweis bin ich Ihnen noch schuldig,« sagte er und öffnete die Siegel. Ein zusammengefaltetes Papier lag zutage. Umprecht entfaltete es und breitete es auf dem Tische aus. Vor mir lag ein vollkommener, wie von mir selbst entworfener Situationsplan zu der Schlußszene des Stückes, Hintergrund und Seiten waren schematisch aufgezeichnet und mit der Bezeichnung »Wald« versehen; ein Strich mit einer männlichen Figur war etwa in der Mitte des Planes eingetragen, darüber stand: »Bahre« ... Bei den anderen schematischen Figuren stand in kleinen Buchstaben mit roter Tinte zugeschrieben: »Frau mit rotem Haar«, »Knabe«, »Mädchen«, »Fackelträger«, »Mann mit erhobenen Händen«. Ich wandte mich zu Herrn von Umprecht: »Was bedeutet das: Mann mit erhobenen Händen?'«

»Daran,« sagte Herr von Umprecht zögernd, »hätt ich nun beinahe vergessen. Mit dieser Figur verhält es sich folgendermaßen: In jener Erscheinung gab es nämlich auch, von den Fackeln grell beleuchtet, einen alten, ganz kahlen Mann, glatt rasiert, mit einer Brille, einen dunkelgrünen Schal um den Hals, mit erhobenen Händen und weit aufgerissenen Augen.«

Diesmal stutzte ich.

Wir schwiegen eine Weile, dann fragte ich, seltsam beunruhigt: »Was vermuten Sie eigentlich? Wer sollte das sein?«

»Ich nehme an,« sagte Umprecht ruhig, »daß irgendeiner von den Zuschauern, vielleicht aus der Dienerschaft des Onkels ... oder einer von den Bauern am Schluß des Stückes in besondere Bewegung geraten und auf unsere Bühne stürzen könnte ... vielleicht aber will es das Schicksal, daß ein aus dem Irrenhause Entsprungener durch einen jener Zufälle, die mich wirklich nicht mehr überraschen, gerade in dem Augenblick, wo ich auf der Bahre liege, über die Bühne gerannt käme.«

Ich schüttelte den Kopf.

»Wie sagten Sie? ... Kahl – Brille – ein grüner Schal? ... – Nun erscheint mir die Sache noch seltsamer als früher. Die Gestalt des Mannes, den Sie damals gesehen, ist tatsächlich von mir in meinem Stück beabsichtigt gewesen, und ich habe darauf verzichtet. Es war der wahnsinnige Vater der Frau, von dem im ersten Akt die Rede ist, und der zum Schluß auf die Szene stürmen sollte.«

»Aber Schal und Brille?«

»Das hätte wohl der Schauspieler aus Eigenem getan – glauben Sie nicht?«

»Es ist möglich.«

Wir wurden unterbrochen. Frau von Umprecht ließ ihren Gatten zu sich bitten, da sie ihn gerne vor der Vorstellung sprechen möchte, und er empfahl sich. Ich blieb noch eine Weile und betrachtete aufmerksam den Situationsplan, den Herr von Umprecht auf dem Tisch hatte liegen lassen.

3

Bald trieb es mich zu dem Orte hin, an dem die Vorstellung stattfinden sollte. Er lag hinter dem Schlößchen, durch eine anmutige Gartenanlage davon geschieden. Dort, wo diese mit niederen Hecken abschloß, waren etwa zehn lange Bankreihen aus einfachem Holz aufgestellt; die vorderen Reihen waren mit dunkelrotem Teppichstoff bedeckt. Vor der ersten standen einige Notenpulte und Stühle; einen Vorhang gab es nicht. Die Trennung der Bühne von dem Zuschauerraum war durch zwei seitlich ragende hohe Tannenbäume angedeutet; rechts schloß sich wildes Gesträuch an, hinter dem ein bequemer Lehnstuhl, dem Zuschauer unsichtbar, für den Souffleur bestimmt, stand. Zur Linken lag der Platz frei und ließ den Blick ins Tal offen. Der Hintergrund der Szene war von hohen Bäumen gebildet; sie standen dicht aneinandergedrängt nur in der Mitte, und links schlichen schmale Wege aus dem Schatten hervor. Weiter drin im Wald, innerhalb einer kleinen künstlichen Lichtung, waren Tisch und Stühle aufgestellt, wo die Schauspieler ihrer Stichworte harren mochten. Für die Beleuchtung war gesorgt, indem man zur Seite der Bühne und des Zuschauerraumes kulissenartig hohe alte Kirchenleuchter mit riesigen Kerzen aufgerichtet hatte. Hinter dem Gesträuch zur Rechten war eine Art Requisitenraum im Freien; hier sah ich nebst anderem kleinern Gerät, das im Stück notwendig war, die Bahre stehen, auf der Herr von Umprecht am Schlusse des Stückes sterben sollte. – Als ich jetzt über die Wiese schritt, war sie von der Abendsonne mild überglänzt ... Ich hatte natürlich über die Erzählung des Herrn von Umprecht nachgedacht. Nicht für unmöglich hielt ich es anfangs, daß Herr von Umprecht zu der Art von phantastischen Lügnern gehörte, die eine Mystifikation unter Schwierigkeiten von langer Hand vorbereiten, um sich interessant zu machen. Ich hielt es selbst für denkbar, daß die Unterschrift des Notars gefälscht war und daß Herr von Umprecht andre

Leute eingeweiht hatte, um die Sache folgerecht durchzuführen. Besondere Bedenken stiegen mir über den vorläufig unbekannten Mann mit den erhobenen Händen auf, mit dem sich Umprecht wohl ins Einvernehmen gesetzt haben konnte. Aber meinen Zweifeln widersprach vor allem die Rolle, die dieser Mann in meinem ersten Plane gespielt, der niemandem bekannt sein konnte – und besonders der günstige Eindruck, den ich von der Person des Herrn von Umprecht gewonnen hatte. Und so unwahrscheinlich, ja so ungeheuerlich sein ganzer Bericht mir erschien – irgend etwas in mir verlangte sogar danach, ihm glauben zu dürfen; es mochte die törichte Eitelkeit sein, mich als Vollstrecker eines über uns waltenden Willens zu empfinden. – Indes hatte einige Bewegung in meiner Nähe angehoben; Diener kamen aus dem Schloß, Kerzen wurden angezündet, Leute aus der Umgebung, manche auch in bäurischer Kleidung, stiegen langsam den Hügel herauf und stellten sich bescheiden zu seiten der Bänke auf. Bald erschien die Frau des Hauses mit einigen Herren und Damen, die zwanglos Platz nahmen. Ich gesellte mich zu ihnen und plauderte mit Bekannten vom vorigen Jahr. Die Mitglieder des Orchesters waren erschienen und begaben sich auf ihre Plätze; die Zusammenstellung war ungewöhnlich genug; es waren zwei Violinen, ein Cello, eine Viola, ein Kontrabaß, eine Flöte und eine Oboe. Sie begannen sofort, offenbar verfrüht, eine Ouvertüre von Weber zu spielen. Ganz vorne, in der Nähe des Orchesters, stand ein alter Bauer, der glatzköpfig war und eine Art von dunklem Tuch um den Hals geschlungen hatte. Vielleicht war der vom Schicksal dazu bestimmt, dacht ich, später eine Brille herauszunehmen, irrsinnig zu werden und auf die Szene zu laufen. Das Tageslicht war völlig dahin, die hohen Kerzen flackerten ein wenig, da sich ein leichter Wind erhoben hatte. Hinter dem Gesträuch wurde es lebendig, auf verborgenen Wegen waren die Mitwirkenden in die Nähe der Bühne gelangt. Jetzt erst dachte ich wieder an die anderen, die mitzuspielen hatten, und es fiel mir ein, daß ich noch niemanden außer Herrn von Umprecht, seinen Kindern und der Försterstochter gesehen hatte. Nun hörte ich die laute Stimme des Regisseurs und das Lachen der jungen Komtessa Saima. Die Bänke waren alle besetzt, der Freiherr saß in einer der vordersten Reihen und sprach mit der Gräfin Saima. Das Orchester fing an zu spielen, dann trat die Försterstochter vor und sprach den Prolog, der das Stück einleitete. Den Inhalt des Ganzen bildete das Schicksal eines Mannes, der, ergriffen von einer plötzlichen Sehnsucht nach Abenteuern und Fernen, die Seinen ohne Abschied verläßt und im Verlaufe eines Tages so viel Schmerzliches und Widriges erlebt, daß er wieder zurückzukehren gedenkt, ehe Frau und Kinder ihn vermißt haben; aber ein letztes Abenteuer auf dem Rückweg, nahe der Tür seines Hauses, hat seine Ermordung zur Folge, und nur mehr sterbend kann er die Verlassenen begrüßen, die seiner Flucht und seinem Tod als den unlösbarsten Rätseln gegenüberstehen.

Das Spiel hatte begonnen, Herren und Damen sprachen ihre Rollen angenehm; ich erfreute mich an der einfachen Darstellung der einfachen Vorgänge und dachte im Anfang nicht mehr an die Erzählung des Herrn von Umprecht. Nach dem ersten Akt spielte das Orchester wieder, aber niemand hörte darauf, so lebhaft war das Geplauder auf den Bänken. Ich selbst saß nicht, sondern stand, ungesehen von den anderen, der Bühne ziemlich nahe, auf der linken Seite, wo der Weg sich frei dem Tale zu senkte. Der zweite Akt begann; der Wind war etwas stärker geworden, und die flackernde Beleuchtung trug zu der Wirkung des Stückes nicht wenig bei. Wieder verschwanden die Darsteller im Wald, und das Orchester setzte ein. Da fiel mein Blick ganz zufällig auf den Flötisten, der eine Brille trug und glatt rasiert war; aber er hatte lange weiße Haare, und von einem Schal war nichts zu sehen. Das Orchesterspiel schloß, die Darsteller traten wieder auf die Szene. Da merkte ich, daß der Flötenspieler, der sein Instrument vor sich hin auf das Pult gelegt hatte, in seine Tasche griff, einen großen grünen Schal hervorzog und ihn um den Hals wickelte. Ich war im allerhöchsten Grade befremdet. In der nächsten Sekunde trat Herr von Umprecht auf; ich sah, wie sein Blick plötzlich auf dem Flötisten haften blieb, wie er den grünen Schal bemerkte und einen Augenblick stockte; aber rasch hatte er sich wieder gefaßt und sprach seine Rolle unbeirrt weiter. Ich fragte einen jungen, einfach gekleideten Burschen neben mir, ob er den Flötisten kenne, und erfuhr von ihm, daß jener ein Schullehrer aus Kaltern war. Das Spiel ging weiter, der Schluß nahte heran. Die zwei Kinder irrten, wie es vorgeschrieben war, über die Bühne, Lärm im Walde drang näher und näher, man hörte schreien und rufen; es machte sich nicht übel, daß der Wind stärker wurde und die Zweige sich bewegten; endlich trug man Herrn von Umprecht als sterbenden Abenteurer auf der Bahre herein. Die beiden Kinder stürzten herbei, die Fackelträger standen regungslos zur Seite. Die Frau trat später auf als die anderen, und mit angstvoll verzerrtem Blick sinkt sie an der Seite des Gemordeten nieder; dieser will die Lippen noch einmal öffnen, versucht, sich zu erheben, aber – wie es in der Rolle vorgeschrieben – es gelingt ihm nicht mehr. Da kommt mit einem Mal ein ungeheurer Windstoß, daß die Fackeln zu verlöschen drohen; ich sehe, wie einer im Orchester aufspringt – es ist der Flötenspieler – zu meinem Erstaunen ist er kahl, seine Perücke ist ihm davongeflogen; mit erhobenen Händen, den grünen flatternden Schal um den Hals, stürzt er der Bühne zu. Unwillkürlich richte ich mein Auge auf Umprecht; seine Blicke sind starr, wie verzückt auf den Mann gerichtet; er will etwas reden – er vermag es offenbar nicht – er sinkt zurück ... Noch meinen viele, daß dies alles zum Stücke gehöre; ich selbst bin nicht sicher, wie dieses erneute Niedersinken zu deuten ist; indes ist der Mann an der Bahre vorüber, immer noch seiner Perücke nach, und verschwindet im Wald. Umprecht erhebt sich nicht; ein neuer Windstoß läßt eine der beiden Fackeln verlöschen; einige Menschen ganz vorne werden unruhig – ich höre die Stimme des Freiherrn: »Ruhe! Ruhe!« – es wird wieder stille – auch der Wind regt sich nicht mehr ... aber Umprecht bleibt ausgestreckt liegen, rührt sich nicht und bewegt nicht die Lippen. Die Komtesse Saima schreit auf – natürlich glauben die Leute, auch dies sei im Stück so vorgeschrieben. Ich aber dränge mich durch die Menschen, stürze auf die Bühne, höre, wie es hinter mir unruhig wird – die Leute erheben sich, andere folgen mir, die Bahre ist umringt ... »Was gibt's, was ist geschehen?« ... Ich reiße einem Fackelträger seine Fackel aus der Hand, beleuchte das Antlitz des Liegenden ... Ich rüttle ihn, reiße ihm das Wams auf; indes ist der Arzt an meine Seite gelangt, er fühlt nach dem Herzen Umprechts, er greift seinen Puls, er wünscht, daß alles zur Seite trete, er flüstert dem Freiherrn ein paar Worte zu ... die Frau des Aufgebahrten hat sich hinaufgedrängt, sie schreit auf, wirft sich über ihren Mann, die Kinder stehen wie vernichtet da und können es nicht fassen ... Niemand will es glauben, was geschehen, und doch teilt es einer dem andern mit; – und eine Minute später weiß man es rings in der Runde, daß Herr von Umprecht auf der Bahre, auf der man ihn hineingetragen, plötzlich gestorben ist ...

Ich selbst bin am selben Abend noch ins Tal hinuntergeeilt, von Entsetzen geschüttelt. In einem sonderbaren Grauen habe ich mich nicht entschließen können, das Schloß wieder zu betreten. Den Freiherrn sprach ich am Tag darauf in Bozen; dort erzählte ich ihm die Geschichte Umprechts, wie sie mir von ihm selbst mitgeteilt worden war. Der Freiherr wollte sie nicht glauben, ich griff in meine Brieftasche und zeigte ihm das geheimnisvolle Blatt; er sah mich befremdet, ja angstvoll an und gab mir das Blatt zurück – es war weiß, unbeschrieben, unbezeichnet ...

Ich habe Versuche gemacht, Marco Polo aufzufinden; aber das einzige, was ich von ihm erfahren konnte, war, daß er vor drei Jahren zum letztenmal in einem Hamburger Vergnügungsetablissement niederen Ranges aufgetreten ist.

Was aber unter allem diesem Unbegreiflichen das unbegreiflichste bleibt, ist der Umstand, daß der Schullehrer, der damals seiner Perücke mit erhobenen Händen nachlief und im Walde verschwand, niemals wiedergesehen, ja daß nicht einmal sein Leichnam aufgefunden wurde.